JN251679

歌集

記憶の音

大城静子

砂子屋書房

＊目次

装本・倉本　修

歌集　記憶の音

一　記憶の音

乙羽岳《ウッパムイ》防空壕《あな》から這い出た命もて折々訪ね山の音聞く

だしぬけに雷の音春の空　鉄のあらしの恐怖被さる

紅葉にあらず立枯れリュウキュウ松森のあちこち鉄錆の色

幾つかのnoの立て札曝されつ尾花さわさわやんばるの道

うわさありあってはならぬ核兵器。今日はきらきら春雨は降る

沖縄《しま》の裏見るがにさびし辺戸岬ただ啾しゅうと潮風が吹く

鉄嵐命《ヌチ》あることのありがたく桑の葉甘藷《いも》の葉摘みつつ泣きぬ

乙羽岳《ウッパムイ》小さき防空壕《あな》の闇の日々明かりをくれた山踯《チイパッパ》の花

山々は照明弾に浮き出され艦砲《かんぽう》射撃の嵐夜もすがら吹く

手足飛ぶ木々が飛び散る艦砲《かんぽう》射撃は神も仏も吹き飛ばしたり

いち早く終結告げし紙ふぶき若夏の森に降りそそぎたり

白虱《しらむし》に悲鳴あげたる春の空降伏せよの紙ふぶき舞う

梅雨の入り戦獣の影遠退けば天を見上げて合掌せし母

白きマフラー落ちてゆきたる森の奥口笛のごとく鳴くよううぐいす

飛行雲ガスと怯えたやんばるのみどりを映す澄み渡る空

艦砲射撃《かんぽう》の巨大陥没十幾つ視つつふるえた運天港《うんてん》の夏

敵味方うち重なりて羽地浦　かげろう立籠む黒南風の頃

白旗を掲げれば友軍《ぐん》に殺される流言《うわさ》は谺のごとく聞えつ

父は俘虜母をたすける八歳の沓きいたみに今涙落つ

父は俘虜五人の子らとさ迷う母松の木に紐を掛けていたり

春の朝防空壕《あな》から這い出た難民はもぐら顔して缶詰抱きしむ

杳かなる辺野古収容所逃げし日の山蕗《チイパッパ》は今もさんさんと咲く

敗戦を認めぬ兵士ら山ごもり跪き苦しむ闇の銃声

ヘイタイの山道案内少年の行きて帰らぬ多野岳《タノウダケ》あがた

戦死者のカバンを漁る子等ありき「戦果」と言いつつ黴雨のまにまに

誰がために貧しき背嚢背負いつつ斃れし学徒よ　せせらぎの傍

飯《いい》少し掌《て》におけば指の微動せり　餓死の学徒《がくと》兵のあの影消えぬ

孤児の餓死、散兵さ迷う山裾の羽地収容所真夏日の闇

国敗れギュウギュウ詰めのテント小屋ゆれに揺れたるマラリア侵入

テント暮し移り棲みつつ十歳《とお》になり学業のメモリーどれほども無し

殺し合いすんで瓦礫に教会立つ　子らは唄いぬわけなど知らず

「夜《よ》あるきは鉄砲で撃つ」アナウンス日本語　英語　沖縄方言

九九算を地面に書いて学びしは羽地やんばる*収容所の頃

*沖縄県本島北部

ケン坊の御霊はいずこ山の瀬の小石拾いてまつられており

収容所の思い出ひとつ裡《うち》にあり少年のくれし山ざくらばな

沖縄《しま》丸ごと瓦礫なりたる地上戦　生きてきましたたんぽぽのように

桑の葉を食べつくしたるあの夏の収容所なり辺野古山原《やんばる》

原風景残すやんばる辺野古崎人魚がさ迷う棲処追われて

はでやかに別荘の立つ人魚の丘眼下はきょうも上陸訓練

熱帯魚さんごに彩なす大浦湾やがて建つらし黒き鉄骨

ハブよりもさらに猛毒ダイオキシン何処の森か行方は不明

夜のしじま銃声ひびく金武《きん》の山樹々の梢に風立ち騒ぐ

特殊部隊《グリーンベレー》やって来るらし金武の山　戦馴らしの特訓のため

高速に擦れ違いゆく軍用車《トラック》の兵士等は今イラクへ行くらし

イスラーム征きつもどりつ黒艦は小島のごとく碇泊しつつ

山の端に消えてゆきたる特攻機の影を曳きつつ自衛隊機《じえいき》は行く

じわりじわり潜りつ遂に演習の火災相次ぐ常春の森

有刺《さ》鉄線《く》の向こう大樹に群るる夕がらす黒々として森は暮れゆく

ふり向けば軍歌とヘイタイ曝れ頭杳として絡むこの髪膚に

背ひれには軍歌にＪＡＺＺに讃美歌のざわざわゆるる昭和十一年生

鉄砲を担いだ兵士が今日も立つ　楚辺小学校ガジュマルの下

ヘイタイと軍歌の好きな童女《わらべ》でした。ただひたすらの愛国心で

軍刀に縋り付きたる春の闇　少女は胸に亡霊を抱く

いくさという地獄を見しよりきりきりと顳顬を刺す若夏の太陽《ティダ》

杳杳と見渡すかぎりのされこうべ蟻が棲みたり　おおき黒蟻

白き石あまた踏みたる痛み消えず書かずにいられぬ六月の風

されこうべの眼窩《め》に怯えつつ巨き甘藷《いも》怖々食みつ生かされて来つ

六月の悲風がはこぶ摩文仁野のあの螢火のひしめく真昼

記念物登録されし喜屋武《きやん》海岸《みぎし》　人影曳きて海鳥は飛ぶ

あおじろき六月のまひる摩文仁野にモノの声《き》立たしむ萬の香煙

うりずんの雨に俯く白百合にかばねかばねの野山《も》思い出す
白き花ほのかに香るイジュの木蔭仄めきしモノそよと消えたり
空にひばり子等駆け回る平和パークだしぬけに鮫雲を裂きたり

いくさ前夜空を埋めたるあのとんぼこの世の不思議まなこに消えぬ

六月の沖縄《シマ》の島々月桃《サンニン》の花の滴は涙のごとし

流れ星絹代と言う女性《ひと》在りき　戦獣の傷抱いて流るる

その昔ハーニー・パンパンとう呼び名あり戦後沖縄　若夏の闇

艦砲《かんぽう》射撃に魂《マブイ》落した妹ふたり魂探しに海へ消えたり

這い出でて明るき地上の暗闇をおどろおどろとざわめくや蝉

雨の日は演習機の音遠退きて庭の草花嬉々として咲く

観光地屋我地島浦翠色まなこ閉ずれば彼岸花沈《しず》く

おだやかに緋寒桜の咲《ひら》く島でんと座りぬパトリオットミサイル

新鋭機〈隠密《ステルス》〉来たりて笛を吹くきらめく海と蒼天の間で

ブルー・スカイ緑の風の渡る島あの町この町デインジャ・ゾーン

だしぬけに空から部品が降ってくる町のただなかエアポートありて

ブルー・スカイとうとうCH53D《ヘリ》が墜ちてきて八月の空黒くこがしぬ

黒い雨降りそうで怖い黒煙がうずまいていた校舎の真上

事後なれば問答無用のVサインV字滑走路すべり出すかも

動きはじむ。　マジック見事ハワイ・グアム・沖縄ライン着々として

野に山に落した魂《まぶい》拾えぬまま兵の足音じりじりと夏

街なかを軍歌・君が代流れいて　征ってくるぞと一人も還らず

二　野辺の音

冬至雨蒲団に屈もるちちははよ近づく音を聞きつつ暮れゆく

今朝は父ゆうべは母の転倒で打撲・骨折たえぬ晩冬

鈍行の長旅らしきちちははと寄り添いながらぼつぼつゆこう

わが妻を介助せんと気負い立つ父はみ足を引きずりながら

繦褓しておんなごころのある母か出かける父に小言投げおり

嵌め込んだステントは合わず引き出され漏水つづく父の蛇口よ

冬至雨湯たんぽ三つ添って寝ぬ母は手足の冷えるを恐れ

帰り際握りしむ母の指先ゆさみしさの苦がひしひし伝う

「さみしいよ」午前三時の母の電話《こえ》霧氷のように胸に張りつく

「帰りたい」たのしき過去の幻影を視つつ母は深く老いゆく

老父母と共に老い坂さ迷いつつ大人になりつつ古稀迎えたり

この先に父母を見送る大儀あり古稀のこの足突っ張っており

今日ひと日何事もなく雲白く一時父母とぬり絵たのしぶ

目覚めれば頬が濡れおり見し夢はおぼろおぼろに露草の中

現実と理想のすき間で介護の日々ペンを握れば少し安らぐ

とろみ食今日在る母のいのち綱誤嚥せぬよう一匙　一匙

予想外の事あまたある老びとに向きにならず向き合うを知る

小さきペン胸のささえに介護の日々その日その日の生《いのち》みつめて

めざめてはとまり木探す老の目にナースの笑顔は夏の花かも

時おりに優しさ消ゆるナースにヘルパー過労の色を目尻に立てて

老人施設《ホーム》の坂ゆきつもどりつ冬嵐背なより沁みて入所とり止む

姥捨ての声を肩《けん》に背負いつつホームに駆け込む救い求めて

七〇人食堂につどう老の目に父母はおろおろ吾を見据える

待ち惚け空ろ眼の老い人が車椅子連ねるホームの廊下

大食堂影うすき人ら集い居てもくもくと食む　かなしきみ姿

匙を持て食事のできる老親を幸せと思わなホームに在りても

ホームという終の住処かふたり部屋うるうるうると手をつなぎおり

遠の旅父母はいっしょに行くと言う叶えてやれぬ美しき夢

自宅にて暮らすこと願う父母の声身にまといつつ生きねばならぬ

父母の呼ぶ幻聴に目覚めくらくらくらと天井が回る　蟬がざわめく

触れること声掛くことの大切さ深く思いぬ介護する日々に

「帰らないで」握りて離さぬ母の手を握り返しつつ笑顔見せつつ

14号ごうごうごうごうごう嵐《かぜ》止まず追いうち掛ける新介護制度

父母の住所ホームに移す手続きの文字が乱るるるるる雫

食堂へ母の車椅子《くるま》を押して行く父は帽子を忘れずに　今日も

スイッチON見るに堪えないチューブ食車椅子《いす》を並べて首垂れており

さまざまな認知症あまた出合う日々夢寐《むび》の中まであの顔この顔

いも虫のごとく這い出て父母の部屋覗くおうなの人恋うまなざし

わけもなくホームの庭よりこおろぎを吾が庭《な》に放ち一夜さびしむ

だれもいない実家の柱の古時計ゆるんだ音がボーンと鳴り出す

異常気象老母の急変初春は救急車で駆くどしゃぶりのなか

しっかりと生きる意欲もつ母の五臓六腑に動脈瘤は腫る

再々の母の急変父の異変机上は乱るる書き掛けの賀状

やさしさを努む気持が摩り切れそう　終着駅でさ迷う夢みる

白昼夢さざ波だちて森へ行く落石注意の雨のドライブ

ちちははと倶に歩む冬の道難行苦行の野辺までの道

たんぽぽのようには渡れぬ向こう岸ひらりと渡る夢みて跳ねよ

ちろちろと小鳥のふんから萌え出づる臓なき草木のいのち明るし

二年前たのしく遊んだ母の病友チューブにつながれ冬眠の人

鼻腔より痰の吸引老びとのただならぬ声廊にただよう

「延命をどうされますか」医師の問う言葉は身ぬちで嵐となりぬ

チューブ食胃に流されて生かさるる胃ろう延命の決断つかぬ

自然死と胃ろう延命の選択に立往生す夢夢《ぼうぼう》の日々

排痰の苦しみに堪う母の唸り神去り月の風とからまる

嚥下《えんげ》不良母は自力でのみくだす気という不思議な力あるらし

枯れ果てたみ脚の奥の美しき室《へや》吾れのいのちを生せし室なり

葬儀の事ひそかにメモる幾たびか消えつとぼりつ光さす母

胃ろうとう母のお口は臍の上部《うえ》食事は音なく管から流るる

キャンディを舐り子のごと遊ばせる胃瘻の母の甚く切なし

男子ナースの教えてくれしウインクと投げキッスうまし老母の遊び

待つ父母へ飴とぬり絵とパン持って通いつつ思う十年の先

洗い場に媼ふたりのいららぐ会話《こえ》「もうがたがたよ」老老介護

曖昧なカイカクカイカクかにかくに老々家族は立ち暗みする

ピンピンコログニョグニョ長寿の流行語小耳にしつつ母を看ており

夕食後の母の入れ歯を洗いつつ久しく会えぬ人思いおり

看護師は意思ある老を疎むらし折りおりぎざぎざ貝になる母

入浴を老夫に求むわが母の女の性《さが》を愛しく思いぬ

日一日痩せ衰える吾《あ》の母に襁褓を当てれば泣き噦りたり

「アンマー」*両手を闇に游がせて媼はひたすら親を呼びおり

*沖縄の田舎の古い方言で母親

「死なせてくれ、見るな触るな」翁の声鉛の如きが耳朶に貼りつく

「きれいだなー」み空よ雲よ染み染みと老父は終日天上視ており

胃瘻後の父の容体急変し気の安まらぬ秋雨の日々

背負うものいよよ重たく季は巡り夏日すぎれば霜月はくる

看護師にさからわんとす老父の手握れば隠し笑顔見せおり

ゆうぐれの延命器の音耳朶を撃つニュースは若者の集団自殺

うつせみの如く臥せおり老あまた野辺に行く日ただ待っており

たましいのさ迷いありく介護病棟予測のつかぬ舟出を待ちつつ

游言の得意な翁のグソーばなし「行って見たよ」と見事に話す

老耄の夢とうつつの昼さがり脱線しつつ会話ははずむ

ポジティブな翁の話しに病室が一時明るむ秋空晴れて

耳もとに繁吹く長夜の夢の中老父とさ迷う出口さがして

手を握りうなずく父の喉仏音たてて閉づ扉のごとく

四苦終えし父の真白き仏骨わが手に重く影を立たしむ

袖の雨春の光に溶けゆかむこころの草を庭に残して

約束のごとく萌え出す庭の草木　影なき父母の声のさやさや

亡き父母の荷物の整理つかぬまま冬至雨降る膝の泣きべそ

長夜の旅父母と歩みし刻終えつ気づきしことの十指に宿る

悲しみは日ごとに増しつ五年過ぐ　父母との時間いたく懐かし

春の空吾《あ》の父乗せしかざぐるま*虹の架け橋渡りゆく見ゆ

*カジマヤーの祝（九十七歳）

祈りのごと只管掛けし「だいじょうぶ」その言聞きつつ母は眠りぬ

「いつまでもいっしょに居たい」言いたる母卒寿三歳の帷下ろしぬ

いっさいの痛みを解かれおだし母うすくれないの舟に眠らす

「待っててな」亡母のおぐし撫ぜて恋う父の背な打つ芒種《ぽーすー》*の雨音

*梅雨を指す

六月の雨に浄かな斎庭《ゆにわ》の木吾の親指は炉のボタン押す

経の間に成る鐘の音《と》の身をめぐり愛別離苦のささなみの立つ

熱をおぶうすくれないの壺を抱き亡母ゆかりの病院前過ぐ

おりおりの亡母の寄し言《ゆぐと》書物では学べぬことと胸に染めおく

「実《みー》ぬ入らば頭を垂れよ」亡母の声噛みしめて歩《ゆ》かな寄し言ぬ一つ

夏空にやさしく浮かぶ白き雲母が旅立つ七七日《なななんか》終え

三　波の音

銃口の剝き出す戦車に出会《でくわ》して胸騒ぎ止まぬ森のドライブ

パラシュート春の空より舞い降りる訓練事故を忘れたように

黒い水滲み出すというあの井戸のあの畑《ハル》あたりは根菜どころ

造成で森を追わるる猛毒ハブ甘蔗の畑《ハル》にとぐろ巻くらし

五十余年移設に揉める基地普天間《ふてんま》震度5のごと爆音が落つ

直結すイラクの空と基地嘉手納《かでな》ジェット機響《とよ》動む旧盆の入り

動かざる決定後に知らさるる軍部のことは見えず聞えず

幾千の不発弾未処理のこの地下を忘れてきょうも惨事起きたり

寒空に行ってしまいぬ自衛隊テロのニュースの相次ぐ夕べ

艦は行く支援といえど冬の海見送る家族の小旗が揺るぐ

何処へ行く迷彩服着た日本国尻尾の島は揺れつ揺られつ

ベレー帽被れど兵の顔に見え征きたる兵士等重なりて見ゆ

子や孫を軍神にはできぬ靖国のさくらは来春咲くために散る

艦砲《かんぽう》射撃の嵐に脅えた春の闇重なり震う震災の映像《え》に

幾万のかもめが叫ぶ漁師町原発という底知れぬ闇

さくら花余震にゆるる瓦礫の町　見えない風が恐い空です

メルトスルーどこまで潜るか黒い水　知るも恐ろし知らぬも怖し

論戦はどうどうめぐり藪の中右往左往の原発論争

かたつむりなめくじげじげじ長雨の止みそうもない永田町の梅雨

置き去りに国民《たみ》は慣らされ悉く耳談合の法案成立

火山弾　地震　竜巻　暴風雨　揺れ止まぬ日本　原発の行方

異常気象波に揺られて日本丸何処へ行くのか明日が見えない

光る海光る野山掠めつつ黒きつばさのヘリが往き交う

じわりじわり迫っているらし波の穂のざぶんと護岸のり越えてくる

ウォーウォー潮の遠鳴り冬の海　神々の国　殺戮は止まず

何処の国も戦機を待ってる気配あり　聖地も揺れる奪取ダッシュと

西の空黒い軍旗の余波のごと竜巻雲が渦巻いており

ＮＰＴ・ＣＴＢＴ条約どこ吹く風恐ろし恐ろしプッシュボタン、ウォー

美しき眺望とう人界は猿蟹合戦あり民族紛争あり

ネット時代流れの速い潮流に老いはたじたじボケは恐ろし

何処へ行く見えのよろしき守札之邦基地の隙間の暮しに慣れつ

クラスター爆弾かかえた攻撃機こいのぼりの空横切ってゆく

ゆるやかに宙がえりするF22　基地のあれこれ宙づりのまま

払い下げ、Ｆ15機の訓練の音《と》　遠くて見えぬ日米関係

ロケット弾闇市もありこの島はフェンスの穴から物が流れて

真実はフェンスの辺りでぼやけたり其所より先は立入禁止

ゆうゆうと戎器集めた自衛官　即発危機に住民巻き込む

趣味という戎器抱え曹長死す猛暑の九月ヤミイチの脇で

ずるずるの止むに止まれぬ基地依存あやうい賑わい馴らされて来つ

日が暮れて祖国はだんだん遠くなり足並み乱れつこぶしは震う

寒暖の気は乱れたり春の海神隠しのごと霧に覆わる

北の豪雨みなみの乾梅雨くらくらし物価はのきなみ上昇気流

斜《はす》二軒の売家の幟きしきしとみそかの鐘にクロスして鳴る

スーパーは定額給付金セール戦　あの手この手に雀のなみだ

ただならぬ北風《ミーニシ》荒れて家並に巣ごもりするらし初春の朝

寄せてくる大波小波ゆるる街　閉店セールの声が飛び交う

食を求め職を求めて派遣村　明日《あす》が見えないいくさ世《ユー》のごと

自販機のつり銭受けをさぐり歩《ゆ》く老いの足下風にゆれおり

携帯電話《けいたい》の販売合戦ゼロ円の幟はたたく風立つ夕べ

路上販売　その日ぐらしの若きらのこころを濡らすじとじとの黴雨

からくりのうまい人らが勝つ慣らえ　ほこりのたまった赤い絨毯

かろやかに雲雀は唄う金金金《ヂンヂンヂン》　撒き餌のようなからくり怖し

謗言を武器とす選挙戦場のゆりの花粉に鼻炎おきたり

啄木鳥のような嘴で粗さがし荒立つ国会　胸やけおきる

ことば尻みごとに掴む議員の嘴《くち》機銃のごとき謗言が飛ぶ

根回しのうまいかどうかが鍵となる　耳打ちジイジイ草ゼミが鳴く

イメージで一票投じるおおかたの票の行方は成りゆきまかせ

ここかしこなぜか勢うビル工事　不況和音をひびかせながら

其処彼処道路拡張立退き料アパート乱立空き間目立ちぬ

三位一体《かいかく》の激震はしる市町村ありあまるほど公設は立ちて

再々の火災発生基地の森スパークヒュウヒュウ二月風廻り《ニンクワチカジマーイ》

〈なあなあ〉の握手する迄の和やかさ過ぎてしまえば記憶ぼろぼろ

おりおりにくちばし鳴らす某国の怨みつら波よせてはかえす

とれかけたボタンのように繫がって視線合わさぬ国交関係

午前四時ファルージャ還りか飛機の音《と》に目醒めて庭に花の種蒔く

春の空黒いオイルのしずくが落つ空中給油の芸当もありて

あかときの星を仰げばその間《あい》を飛機の灯が過ぐ　還り着くらし

たたかいはとぎれなくあり是の世はいくさの火種くすぶりつづけて

途方もなくすぐれてしまった軍事わざなんのかんのと殺戮を好む

その後の地雷を踏むは誰が足か　おそろしおそろし人間のしわざ

黄の砂塵煙幕のごと流れ来てやよいの街を日なか隠しぬ

信号待ち危うい粒子降り注ぎ黒い日傘は葬列のごと

張られたる見えないネットここかしこ静電のごと纏い付く日常

偉大より脅威を覚えるＬＳＩ　一ミリチップの動かす社会

頭《ず》の上に携帯電話《ケイタイ》の波犇めきぬ「死ね死ね」ゲームの声も紛れて

「コンピュータアレルギー」増えるという。黄色い風の鼻刺す東京

汚れたる空気の故か子供らが〈キレるコワれる〉哀しい社会

わたくしの知らぬところで私がナンバリングされ薄気味悪し

ノンシュガー飴を含めば甘い味のどにからまるテンカブツの味

うまい安い人工ものに舌つづみ　もうとまらないテンカブツのわざ

振興とう大きなモノが出来るたび危険もひとつ追加されます

見上げれば白きめまいのシティビルどすんと怖いシンドラーの箱

ふるさとの愛《カナ》し村名やがて消えシティという名の町づくり盛る

ビルディングふえてシティは風さぶし　金貸しボックス耿耿として

うみぎしはマリンタウンひろごりて知らない町のふえゆくふるさと

埋め立ての分譲宅地限りなく寄せては返す波の打つ音

たのしみのキャベツ畑は家が並み　モンシロ蝶のあの春がない

夕涼み浜下《ハマウ》りなつかし那覇の浜　変らぬものは夕映えの空

騒々し都市化のはやりを発展とう――子らがあぶない街の日陰で

いいひびき「豊かで平和」馴らされつあぶない橋へ近付いてゆく

四　時間の音

それぞれの長途の旅の終着駅みちづれ集う病院のロビー

喜寿傘寿米寿に卒寿勢揃い　病院ロビーに憂き世流るる

老化現象軽重あれどそれぞれの持ち時間のこと誰も知らない

診察待ち言葉交わせば老い同士参考になる情報数多

検診の結果次第で一喜一憂しつつ暮れゆく老いの春秋

診察終えまた会いましょう交しつつ寂し笑顔の老いの約束

だんだんに薬は増える老化現象終着までの頼みの綱です

ポジティブに頑張っていても儘ならぬ自律神経失調の秋

口癖のなるようになる同年生病院梯子長寿健診

気が合えば四方山話に花も咲く病院茶房の一時の春

難聴の老翁と会話嚙み合わぬながら楽しぶ病院茶房で

だんだんに減ってしまいぬ知人の顔　時雨のごとく通り過ぎたり

何時となく見えなくなったあの人も病院茶房に影を残して

幾十年通院しつつおおかたはいずれ6階へ上がる流れらし

ひそやかに白いワゴンの葬迎車今日も来ている病院の裏口

広報の元気で長寿の文字空しだんだん細る老齢年金

年金は痩せ衰えつ高齢者人生の期限へ追い込まれゆく

高齢者三人寄れば戦さばなし艦砲の音海馬に消えず

骨折より孤独の痛みかほろほろと頬を濡らして頻りに話す

ベトナムに斃れた米兵愛《ダーリン》しがる老女の初恋甚く切なし

サラダオイル塗ったと話す知人あり　笑い種ならぬ哀しい秋顔

病む老夫の葬儀の見積り話す人「どちらが先か」言いつ笑いつ

夫《せ》を失くし不意にボケたる傘寿の人車椅子乗って手を振っており

胸の閊え下ろしたようにある知人老夫亡きあと饒舌になり

妻の車椅子《いす》押して十余年同期生「終りにしたいなあ」痛々し声

看る側が先なる事も間々ありぬ　老いの明日を知る由もなし

心療内科通う知人も幾たりか　老いが老い看る十年は長い

口ぐちに子に迷惑は掛けられぬ言いつつ翳る老いの横顔

丘の辺《へ》はローン付き墓地の花ざかり向こうの住処も格差あるらし

高額の老人ハウスも花ざかり食事眺望選り取り見取り

喜寿の弟《おと》世話する姉は傘寿二歳人それぞれの苦海というもの

襁褓替え老妻に強いる夫《ひと》ありと傍えに聞きつつ腹立ち覚ゆ

歩け歩け転けて入院同年生　思い掛けない痴呆というもの

痴呆《ボケ》招く入院暮し避けねばと口々言いつつ会話跡切れる

異常気象迷走台風余波のごと迷走神経落ち着けぬ老

知らぬ間に筋肉ゆるぶ老坂は段差に注意しつつも転ぶ

筋肉のゆるんだ足腰引摺って避難所のような整形外科院

治せない愚痴りつつ通うある老媼　老化現象治癒を夢見て

家庭内別居増えたる老夫婦　出勤のように出かける妻たち

三食の仕度の労は知らん顔　おおかたの老夫我儘と聞く

好景気　老いはおどおど物価高貯え細る長寿の憂き世

老い同士袖振り合えば立ばなし話し尽きない会話欠乏症

蹌踉《よろよろ》と買いものカート押す老翁惣菜コーナーぼんやり見ており

長寿時代惣菜コーナーの色取り取り聞けば大方惣菜ぐらし

独居増え番犬ペット増えており　連呼して吠く警報のごと

老いの家窺狙う詐欺の黒い霧　電話《ベル》に怖じ怖じ居留守をつかう

ひったくりに突き倒されしある知人心療内科三月通院

段々に引越して行く向こう側へ追駆のできぬペットの啾く声

親の死後子らが入居の流れらし見知らぬ家族増えたる近所

吹き降りの続く二月《にんがつ》午前二時救急車の音近くに止まる

指差しの立て札目立つ町の角二月の風は老いを急かせる

暮れ六つの鐘の音《と》散らす冬嵐増税の嵐《らん》近付いており

循環器内科整形耳鼻咽喉ロビーは満席北風《ミーニシ》の頃

冬時雨老はビクビク風邪の時期病院ロビーは恐怖の空間

蹌踉と人恋しさにストーキング　紅葉のように散れぬ哀しさ

小石にも躓き易き老らくの恋につんのめる人を笑えぬ

ど忘れを笑い合うまではまだ生身返り咲きあり秋の紅薔薇

そよ風にはらはらと舞う薔薇の花弁色香残せる美《は》しき散り際

食べすぎず言うは易し守《も》り難く心ざみしい老いの食欲

青魚ネバネバ野菜豆腐納豆老いの食卓ボケ防止づくし

瓦斯電気水道戸締り忘れずに眼鏡忘れて引返したり

鼻口耳目排泄良ければ循環もよし老化の日々そよ風も吹く

五　川の音　㈠

あわただしく七十代はやって来て焦りとぼんやり絡み合いたり

白きもの染めつ隠しつ髷の中おんなのわたくし棲まわせつつ

いつまでも振り向いてしまう遠い夏きらきらきらとわたしをゆらす

捕虫網かかげて走った野に出でて逃がした夢を追いかけており

ペンの向き定め切れず日は暮れつことばの尻尾摑みそこねる

遠い春　おそれ退きたる文学の端くれ歩くななそじの旅

山手線過去にゆられてひとまわり何を探さむ来し方の街

脇見して夢はほろほろ闇の中手探りしつつ言葉織りつつ

のん気の気が慌てふためく秋ざれて黄ばんで仕舞ったＮＯＴＥ数多

書き散らしのＮＯＴＥの中に私はいる陰陽の顔入れ替りつつ

息子と孫に会えるときめき旅の空菜の花色の関東平野

きららかな利根川の春この胸に孫《こ》らと遊べる果報の旅

この広き平野横切る利根川を夢の心地で視つめていたり

声変りひと夏見ぬ間に孫ふたりすらりと育つ関東の地に

頑固さを減して可愛い花になれ　いずれ息子《こ》の手を借りる日の来る

負けん気とくすり持参の自在の旅　ゼロの地点はまだまだ遠い

うららかな房総めぐり弾みつつ花冷えほとほと肩しこりたり

花びらは散華のように降りそそぐ千鳥ヶ淵のかなしき小径

いくつかの思い出刻む羽田ポート此々は通い路遠き春より

空港はせつない空間孫ふたり笑みも会話もだんだんほそる

木々鳴らすきのうの突風きょうは凪野鳥は邪気に戦きて啼く

被災地の叫哭が震わす五月の波　鎮まりがたく風にからまる

どんよりし雨の降らない梅雨の入り五月の海空《みそら》は色を失くしぬ

破れやれの羽をたたむか渡り鳥首夏の入江のマングローブの上

あの人のくゆらす紫煙か陽炎のしずかにゆるる川べりの径

優しさを残してくれし彼の主治医そよ吹く弥生の風になりたり

削ぐものを溜めているらし昨夜《きぞ》の夢白いスーツで海を視ており

右肩の故障すれども不器用な左手右の助けにならず

どの色に染めて織らむか言の糸縒を掛けつつペン動かさな

言の糸ペンで織りつつ思《も》い出すは姑《はは》の織り成す絶品の絣

じっとりの熱波のよどむ東都の街湯気立ちのぼるおそるべき夏

激暑の日び雄叫びあげるお二方どちらが握る難航の舵取り

政客の苛立ち目立つ激暑の日び噛みつき猿は唾飛ばしおり

熱中症おそれてこもる旅なかばニュースは連日高年者の死

睡眠時死亡おそろし熱帯夜水分過多の肥りたる旅

捨てられた犬　猿　猫　亀　猛毒ヘビ　脛を狙って巷をさまよう

渓谷の水の音《と》聞けばすがすがし汗と感傷背より流るる

出せずじまい旅に持参のかもめーる書けずにいたり思いの暗く

那覇―羽田往きつ戻りつこの足裏あしたの居場所決めかねており

夕ぐれの江戸川端に秋の声しきりに叫ぶ九月の猛暑

手賀沼のヨシの冬枯りんとしてこころに沁みるこの寒景色

冬眠のあすは萌え出るヨシなれば冬枯もまた美しからむ

痩髷はリボンアート添えましょか　新芽はもう出ぬ冬枯の髪

寝たきりで待ち侘びる方の見舞いもせず影をひきずるななそじの旅

健全な記憶の器あるかぎり夢路に逢えるたのしみもある

いつか来た銀杏並木も末枯れ果て時間の影が音たてて吹く

なんとなく群れを好まぬ性《さが》なればわたくし流に末枯れゆくべし

ゆらり旅してはいられぬ日の暮れは足早に来つ　寒波は沁みる

六　川の音　㈡

ハイ・ヒール履けなくなった淋しさも何時か忘れむ今日はどた靴

其の昔ふたりで歩いた数寄屋橋　マチ子巻きした私のまぼろし

観光団爆買いブーム銀座八丁　枝垂れ柳の銀ブラ懐かし

日本橋室町コレド人の波　波にのれない老いに気づきぬ

東都の旅　花粉スモッグ黄色い空仮面《マスク》仮面《マスク》の花見の賑わい

迂闊には言葉交せぬひとり旅　木瓜の季節のストーキングもありて

浅草はスカイツリー詣での人の波　国際色の仲見世通り

スカイツリー人波寄せる吾妻橋川面に映える薄紅ざくら

逢瀬あり別れ路もあり東京はあの駅この駅忘れがたかり

納豆を初めて食みし下宿先ハタチ懐かし下北沢駅

方向を換えて歩みぬ四十路の夏　いたく懐かし隅田川《おおかわ》花火

どの道を歩《ゆ》けばよかったかもやもやと流れのままに喜寿まで来たが

まだまだ此岸の浮世に迷いつつ何かこの掌《て》に掬いあげたく
急がねば思いは深くぼんやりと見舞いの手紙書きかけのまま
気持ではどうにもならぬ彼や是や　旅路の葦牙見惚れていたり

隅田川　荒川　江戸川　大利根川　未練削ぎつつ雲と游びぬ

際限なくマンモス都市化東京のビルの谷間にさ迷う小鳥

探しものまだ見つからぬ喜寿の旅江戸川土手に夕やけ見ており

その昔ペンを流した江戸川の夕やけ小やけ身に染む年齢《よわい》

夕やけに染まる江戸川浮絵のごと棹さし渡る矢切の渡し

ぼんやりと矢切の渡し視ておれば呼び掛くように夕鴉鳴く

富士山とスカイツリーの見える土手森には左千夫の『野菊の墓』

紅葉より寅さん人気か柴又に客足とられ寂し本土寺

霞ヶ浦越えねば会えぬ孫ふたり旅居に待つは松戸くんだり

霞ヶ浦でっかい希望の雲が湧くついロ遊ぶ軍歌のひとつ

まごまごと孫を訪ねて日は暮るるどた靴重し我孫子くんだり

ゆくりなく「志賀直哉邸跡」見学『暗夜行路』も記憶薄れつ

喜寿の旅往きつ戻りつ那覇―東京　終の住処を決めかねており

孫と歩《ゆ》く銀座四丁目でつんのめり老醜さらすななそじの旅

何時からか気持と体軀の段差ありころんでわかる老いのいたみを

老らくの恋の妄想ある内はまだ大丈夫　富士五湖巡り

見下ろせば富士の樹海しんしんと小羊たちの安らぎの森

バランスよく伸ばしゆく千枝見惚れつつ森の空気を抱き締めていたり

息子とのドライブの旅染み染みと噛み締めて立つ富士山五合目

腓腹筋きしきし軋む富士の旅　蟬は必死に声を張り上ぐ

吐息より笑うしかない明日は八十《やそ》　足を馴らして行けるとこまで

高尾山スタスタ越えた四十路の夏勿忘草の浮ぶ相模湖

母校のある相模大野も都市化され往時の駅舎の影さえもなし

やれやれやれや八十路の峠も見えてきた「しっかりしろよ」我に言いつつ

流れゆく雲には届かぬ胸裡をＮＯＴＥに綴る皺ぶこの指

ひとり旅寄り道しようか東京は青山霊園影を訪ねて

まだまだ気力で歩《ゆ》けそう喜寿の旅この手に掬おう火色のもみじ

露時雨朝日を浴びて庭の木々煌めきてあり　その気を抱きしむ

秋日和道草しつつ歩《ゆ》くがよし　まだまだ遠いよもつひらさか

まだまだがだんだんに変わる喜寿の秋無性に恋し四十路の黒髪

思い立ち訪ねてみれば過去の街　新宿ビル街木枯の吹く

約束のままに彼の人雲の上新宿駅前秋の雷鳴

喜寿の旅少し疲れた旅枕夢見ざわざわひとり寝の旅

出会いより別れの多い秋時雨　ペン折れそうな隙間風吹く

焦せる褪せる喜寿から傘寿さらさらと黄葉流るるビルの谷間に

白いもの帽子に隠し気取ってもどた靴似合わぬ黄葉《もみじ》のじゅうたん

杖なしで旅するまでは花もある風よやさしく包んでおくれ

あとがき

加齢とともにより一層、あの黒い記憶の音が、ざわざわと私の耳朶を強く打ちます。あの叫び声、あの艦砲射撃の音、山の木々の炸裂する音、命の飛び散る音、戦争地獄が、ありありと浮かんできます。ペンを握るこの皺む指先に震えを感じます。

十年前、拙歌集『摩文仁の浜』を上梓した時のことですが、ある女性の方から「戦争のことを思い出させないで欲しい、子供だったあなたが、何がわかるの、生き残った者も大変な犠牲者です、戦獣に負わされた癒えない傷を胸裡に必死に生きているのです。」

……

その方は、秋顔に涙を落とすことはなく、拳をふるわせていました。私はその手を握り、幾度も「ごめんなさい……」を言いつつ頬を濡らしていました。

沖縄丸ごと瓦礫になった地上戦です。戦死者も、生存者も、犠牲者であることは分かっています。ただその時のおかれた場所、環境によって、受けた苦難も犠牲もさまざまでございます。

親きょうだいが飛び散るのを目の辺りにした方数多、敗戦によって自害した兵士数多、戦獣の被害にあった女性数多……。語り尽くせるものではありません。

よもすがら荒れ狂う艦砲直撃の嵐の中で、俄作りの小さい粗末な壕の中に父母、弟、妹ふたりの六人、蒲団を被って抱き合ってふるえていました。「早く殺して下さい……」と叫びたいほどに恐怖に怯えていました。

明け方、艦砲射撃が止んで、山は死んだように不気味な雰囲気でした。木々は無残な姿、小鳥、小動物の声も全く消えていました。あの世に来たのだと思うほど生きていることが信じられない不思議な時間の中で、呆然として立っていました。

その時、山を下りて行く幾人かの人の姿を見かけ、私たちも音を立てず、声を出さず、その人たちの後に続いて下りて行きました。が、村の入口に着いた時は、その人たちの姿はすっかり消えていました。声を出して仕舞う幼い子供連れですから置いてけ堀されたのです。

親子六人、枯れ果てた広い田畑の中で、次の隠れ場所を探してさ迷っていました。バナナの生い繁っている所があり、其処を隠れ場所と思って行きますと、その奥にしっかりした防空壕があり、入ろうとしましたが、子供連れだということで断られました。バナナ畑もダメだということで、また枯れた田畑の辺りをさ迷って、やっと小さい丘の斜面にある防空壕を見つけたのですが、上るのは容易ではありません。父が、臨月で弟を負っている母と、子供三人を抱き上げるようにして、やっと小さい壕に入ることができましたが、小半時もしない内に恐怖の中に立たされたのです。

父に銃を向け、其処にいろという手真似をして、臨月で弟を負っている母だけを連れ出して行きましたので、私は、妹ふたりを連れて母にピッタリと付いているようにしたのです。「かあさんを連れて行って殺すらしい……」母の小さい声と、恐怖と悲しい目が、八歳の私に何かを訴えているのを子供ながらに感じ、妹ふたりに大きな声で泣くようにさせました。妹ふたりの泣き叫ぶ声に、母の背中で弟も泣き出して、その泣き叫ぶ声は、乙羽山に谺のようにひびき渡っていたのでしょう。四人の戦獣たちは驚いた青い目で「わかった、わかった。」と手真似して苦笑しながら去ってゆきました。

壕の入口で、小さくなって私たちの様子を気にしていた父は、滑り下りてきて大声で泣いていました。家族六人、枯れた田畑の中に立って涙の枯れるほどに泣き嘁っていました。父も母も子供たちも殺されず、生きている事をただただ不思議に思います。その日のことは、八歳の脳裡に映像のように生き続けています。思い出すたびに涙が流れます。

戦争という殺し合いが、人間を狂気にしているのです。言葉が通じなくても、個人的にはそれぞれが同じ人間なのです。子供たちの悲痛な叫びに何かを感づいたのです。

二〇一五年一二月

大城静子

歌集　記憶の音

二〇一六年一月二六日初版発行

著　者　大城静子
沖縄県豊見城市嘉数二〇二―二〇（〒九〇一―〇二〇二）

発行者　田村雅之

発行所　砂子屋書房
東京都千代田区内神田三―四―七（〒一〇一―〇〇四七）
電話　〇三―三二五六―四七〇八　振替　〇〇一三〇―二―九七六三一
URL http://www.sunagoya.com

組　版　はあどわあく

印　刷　長野印刷商工株式会社

製　本　渋谷文泉閣

©2016 Shizuko Ōshiro Printed in Japan